Analyse de l'œuvre
Par Marine Riguet et Célia Ramain

Knock ou le Triomphe de la médecine

de Jules Romain

Rendez-vous sur lepetitlitteraire.fr et découvrez :

Plus de 1200 analyses
Claires et synthétiques
Téléchargeables en 30 secondes
À imprimer chez soi

JULES ROMAINS

POÈTE, ROMANCIER
ET DRAMATURGE FRANÇAIS

- **Né en 1885 à Saint-Julien-Chapteuil (Haute-Loire)**
- **Décédé en 1972 à Paris**
- **Quelques-unes de ses œuvres :**
  - *Mort de quelqu'un* (1911), roman
  - *Les Quatre Saisons* (1917), poésie
  - *Monsieur Le Trouhadec saisi par la débauche* (1923), pièce de théâtre

Louis Farigoule, de son vrai nom Jules Romains, agrégé de philosophie en 1909, est un auteur aux multiples casquettes : essayiste, poète, romancier (l'on peut citer par exemple *Les Hommes de bonne volonté* [1932-1946], un cycle romanesque composé de 27 volumes), et dramaturge. C'est d'ailleurs avec *Knock ou le Triomphe de la médecine*, œuvre théâtrale à la verve satirique, qu'il connait le succès.

Pendant la Seconde Guerre mondiale (1939-

1945), il s'exile aux États-Unis, depuis lesquels il milite pour la libération de la France. Il est élu à l'Académie française en 1946.

KNOCK OU LE TRIOMPHE DE LA MÉDECINE

UNE SATIRE DES MÉDECINS

- **Genre :** théâtre (comédie)
- **Édition de référence :** *Knock ou le Triomphe de la médecine*, Paris, Gallimard, coll. « Folio », 1924, 160 p.
- **1re édition :** 1923
- **Thématiques :** médecine, crédulité, bêtise, escroquerie, habileté

La pièce *Knock ou le Triomphe de la médecine*, farce en trois actes, est représentée pour la première fois le 15 décembre 1923 à la Comédie des Champs-Élysées (Paris) dans une mise en scène de Louis Jouvet (acteur et metteur en scène français, 1887-1951). La pièce remporte un succès immédiat.

En proposant une satire des médecins, elle s'ancre dans une longue tradition littéraire déjà popularisée en France, notamment par *Le*

Médecin malgré lui (1666) ou *Le Malade imaginaire* (1673) de Molière (auteur dramatique français, 1622-1673).

RÉSUMÉ

UNE BONNE AFFAIRE

Le docteur Parpalaid, accompagné de sa femme, s'apprête à quitter Saint-Maurice, petit canton où il a exercé 25 ans sans réussir à prospérer, pour un nouveau poste à Lyon (Rhône). Il vient de vendre son cabinet à prix d'or à Knock, un médecin novice, sans aucune qualification, et lui donne, entre de nombreux commentaires laudatifs sur sa chère voiture – dans laquelle ils se trouvent –, quelques informations sur sa clientèle : les patients du canton se font rares, ils ne consultent qu'en cas d'épidémie et ils ne payent pas plus d'une fois l'an.

Knock s'aperçoit très vite qu'il a été dupé dans cette affaire. Cependant, il se montre très confiant et prétend pouvoir faire fortune malgré l'échec du docteur Parpalaid : « Mon cher confrère, j'ai le sentiment que vous avez gâché là-haut une situation magnifique, et, pour parler votre style, fait laborieusement pousser des charbons là où voulait croître un verger plantureux. » (acte I, scène I) L'avenir montrera qu'il a eu raison.

Knock entreprend dès son arrivée de se faire connaitre. Dans ce but, il s'entretient avec le tambour de la ville (crieur public) et lui demande d'annoncer aux habitants son arrivée et ses consultations gratuites du lundi matin : comme il ne tardera pas à le constater, elles auront un succès phénoménal. Ensuite, il examine le tambour, qui ressent quelques démangeaisons au ventre, et lui diagnostique une grave maladie.

LA DIFFUSION DE LA MÉDECINE

L'annonce du tambour ne tarde pas à montrer ses effets. La Dame en noir est la première patiente de Knock à profiter des consultations gratuites. Alors qu'elle souffre de fatigue, Knock lui prescrit un traitement long et couteux. La Dame en violet, encore plus riche et plus avare que la Dame en noir, avoue souffrir d'insomnies. Le jeune médecin diagnostique deux maladies extravagantes et lui somme de s'aliter, de jeuner pendant une semaine et de ne boire que de l'eau de Vichy toutes les deux heures. Peu après, il reçoit deux gars du village et les effraie en sous-entendant à l'un d'eux sa mort prochaine. Il est vrai que les deux énergumènes avaient osé venir chez Knock avec une attitude bravache et rigolarde !

Désireux de s'assurer une plus grande renommée ainsi qu'un soutien des notables du village, Knock propose à l'instituteur Bernard une collaboration : il le charge d'enseigner la dangerosité des microbes aux villageois, quitte à les effrayer (« Qu'ils n'en dorment plus ! », acte II, scène III) afin qu'ils rejoignent sa clientèle. À cette même fin, le médecin fait part de ses projets au pharmacien Mousquet : contrairement au docteur Parpalaid, il veut que chaque habitant devienne un client fidèle et il facture ses services en fonction des revenus des patients. Mousquet, voyant là l'occasion d'accroitre sa fortune, accepte de participer à cette diffusion de la médecine.

UN DIAGNOSTIC SURPRENANT

Trois mois ont passé depuis l'arrivée de Knock lorsque Mme Rémy, la gérante de l'hôtel du chef-lieu du canton, apprend la visite imminente du docteur Parpalaid. Or toutes ses chambres sont déjà occupées par des malades venus parfois de l'étranger afin de s'aliter et de recevoir leurs soins selon les prescriptions de Knock, qui a multiplié par 30 le nombre de consultations.

Parpalaid entre seul dans l'hôtel. La bonne ne se souvient même plus de lui : « Mais je ne savais pas qu'il y avait eu un médecin ici avant le docteur Knock. » (acte III, scène II) Mme Rémy tente de le renvoyer. Elle lui apprend le succès considérable de Knock et fait un portrait élogieux du jeune médecin, qu'elle présente comme un homme talentueux, généreux et charitable. Parpalaid croise le pharmacien Mousquet, qui lui vante sa nouvelle fortune.

Knock arrive alors et montre à Parpalaid ses premiers chiffres. Il lui explique qu'il facture en fonction du revenu des habitants. Parpalaid, devenu presque jaloux de la réussite de son confrère, lui propose alors de récupérer le cabinet de Saint-Maurice en échange de sa nouvelle place à Lyon. Knock refuse, et pour convaincre Parpalaid, il demande aux villageois leur avis : le pharmacien Mousquet proteste contre cet échange, ainsi que Mme Rémy, qui refuse de donner une chambre à Parpalaid.

Knock la persuade toutefois de lui céder un lit

en prescrivant à Parpalaid un repos minimal de 24 heures, diagnostic que Parpalaid prend d'abord pour une plaisanterie ; il s'effraie toutefois en constatant le sérieux de son confrère. La pièce s'achève sur les mots du jeune médecin : « Pour ce qui est de votre état de santé, et des décisions qu'il comporte peut-être, c'est dans mon cabinet, cet après-midi, que nous en parlerons plus à loisir. » (acte III, scène IX)

ÉTUDE DES PERSONNAGES

LES MÉDECINS

Knock

Knock parait à l'acte I comme un homme de 40 ans qui vient tout juste d'achever sa thèse de médecine. Il a auparavant exercé sans titre et sans savoir, ayant appris les termes médicaux sur les notices « des boîtes de pilules » (acte I, scène I). Il est confiant, voire arrogant, et s'embarrasse peu de la morale ou des intérêts d'autrui. C'est un opportuniste qui s'adapte aux situations et cherche à tirer profit des circonstances : il devient médecin par hasard, saisissant cette opportunité pour se faire un nom.

Il insiste pour être appelé « docteur » où qu'il exerce. Il se présente lui-même comme un praticien novateur prêt à révolutionner la médecine par des méthodes « entièrement neuves » (*ibid.*) et expérimentales. Pour autant, Knock est moins médecin que commerçant. Il a d'ailleurs commencé sa vie professionnelle dans le négoce des cravates et des arachides.

Lorsqu'il entreprend de soigner chaque habitant du canton, ce n'est pas dans le but d'éradiquer les maladies, mais pour en tirer le plus de bénéfices. Il interroge la Dame en noir et la Dame en violet sur leur situation sociale avant de les examiner : plus ses patients sont riches, plus les traitements qu'il donne sont couteux. C'est donc un homme qui aime le gain et le pouvoir.

Parpalaid

Parpalaid est un docteur aux pratiques établies et conventionnelles : il incarne, face à Knock, la médecine vieillissante et démodée. Son succès dans le canton de Saint-Maurice, où il a exercé 25 ans, est assez réduit : le médecin compte peu de clients, tous occasionnels, et donne des remèdes « de quatre sous » (acte II, scène I).

Loin de se faire appeler « docteur » par les habitants, il est surnommé Ravachol (François Claudius Kœnigstein, 1859-1892), nom porté par un militant anarchiste de la fin du XIXe siècle.

Trois mois après son départ, les habitants ont déjà oublié son existence.

Avare et malhonnête, il cherche à duper Knock en lui revendant sa place – qui selon lui ne vaut rien – à prix d'or. C'est également un personnage comique dont le ridicule apparait à l'acte I : il est fou de sa vieille automobile et ne cesse d'en parler à Knock ou à ses patients, alors que la voiture est hors d'état de marche et ne réussit pas à démarrer seule.

Il est également possible de voir ce personnage comme le seul à s'opposer un tant soit peu (et d'une façon peu convaincante) aux discours et méthodes de Knock (« Mais, est-ce que, dans votre méthode, l'intérêt du malade n'est pas un peu subordonné à l'intérêt du médecin ? », acte III, scène VI), même si à la fin, il rentrera dans le moule, en devenant l'un des nombreux malades assujettis au diagnostic de Knock.

LES ASSOCIÉS DE KNOCK

L'instituteur Bernard, le pharmacien Mousquet et l'hôtelière Mme Rémy participent tous les trois à la prospérité de Knock :

- l'instituteur apprend aux habitants l'existence des microbes et des germes ainsi que leur développement et leur dangerosité, et les incite donc indirectement à consulter le docteur ;
- le pharmacien Mousquet délivre les médicaments aux patients. Il est, selon la métaphore de Knock, « l'artillerie » indispensable « au général qui va à la bataille » (acte II, scène III) ;
- Mme Rémy transforme son hôtel en une sorte d'hôpital où elle soigne les patients de Knock.

Ces trois personnages sont utiles à la profession du médecin. Par conséquent, ils sont les seuls à ne pas être déclarés malades sur l'ensemble de la population de Saint-Maurice.

LES VILLAGEOIS

Tous les villageois qui consultent pour des symptômes presque inexistants (une vague fatigue ou un chatouillement) sont ensuite longuement traités par Knock. Tous sont déclarés malades et deviennent des patients réguliers. Knock applique à Saint-Maurice son discours médical :

> « KNOCK – "Tomber malade", vieille notion qui ne tient plus devant les données de la science

actuelle. La santé n'est qu'un mot, qu'il n'y aurait aucun inconvénient à rayer de notre vocabulaire. Pour ma part, je ne connais que des gens plus ou moins atteints de maladies plus ou moins nombreuses à évolution plus ou moins rapide. » (acte II, scène III)

CLÉS DE LECTURE

UNE COMÉDIE DE DIVERTISSEMENT

Knock ou le Triomphe de la médecine est, tout d'abord, une pièce éminemment drôle qui exploite différents ressorts du registre comique.

- **Le comique de caractère**. Les personnages ont des traits particuliers qui les rendent presque caricaturaux. La Dame en noir et la Dame en violet sont caractérisées par leur avarice. Parpalaid est fou de son automobile au point de lui accorder plus d'attention qu'à ses patients, et son nom même prête à rire par l'allitération en « pa », qui évoque un bégaiement, et la terminaison « laid », qui achève de tourner le personnage en ridicule. Le nom de Knock tient lui aussi un rôle comique par sa brièveté sèche et frappante, sa sonorité inhabituelle.

- **Le comique de situation**. Toute la pièce s'organise autour de la farce du trompeur trompé. À la première scène, Knock est dupé par Parpalaid, qui lui vend pour une fortune sa maigre clientèle. Pourtant, la situation s'inverse au cours de la pièce, puisque Knock prospère et s'enrichit. Au dernier acte, Parpalaid constate avec dépit le succès de Knock et regrette sa vente : il lui propose de racheter sa place à Saint-Maurice.

- **Le comique de langage**. Au théâtre, l'oralité assigne au langage un rôle essentiel, et le comique apparait donc souvent au sein de la parole. Ici, le vocabulaire technique de la médecine est utilisé par Knock de façon à impressionner le patient sans pour autant lui faire comprendre son mal, ce qui porte à rire : « Vous reconnaissez ici votre faisceau de Türck et ici votre colonne de Clarke. » (acte II, scène IV) De même, le comique de langage se retrouve dans la grossièreté populaire et caricaturale des villageois, par exemple celle de la Dame en noir : « Vous ne pourriez pas me guérir à moins cher ? » (*ibid.*) Notons aussi que le comique de la première scène de l'acte II réside dans la distinction absurde que font Knock et le tambour entre les termes « ça me chatouille » et « ça me gratouille ». Ainsi, des jeux de mots se retrouvent souvent :

> « KNOCK – Vous avez peut-être, madame, les artères du cerveau en tuyau de pipe.
> LA DAME – Ciel ! En tuyau de pipe ! L'usage du tabac, docteur, y serait-il pour quelque chose ? »
> (acte II, scène V)

Enfin, le comique de langage réside également dans la répétition de l'expression « À la Saint-Michel » qui devient presque mécanique dans l'acte I, et qui désigne le seul moment de l'année durant lequel les patients paient le médecin à Saint-Maurice.

- **Le comique de geste**. Suggérés par des indications scéniques, les gestes des personnages suscitent aussi le rire, tout particulièrement lors des auscultations : « *Il lui palpe et lui percute le dos, lui presse brusquement les reins.* » (acte II, scène IV)

UNE COMÉDIE DE MŒURS

Tout en faisant rire, *Knock* dénonce certaines mœurs de son temps. La pièce se rapproche donc de la satire en recourant au registre comique pour dénoncer les excès et les comportements répréhensibles ou ridicules. Elle acquiert ainsi une portée morale, puisqu'elle participe à corriger certaines dérives de la société.

Les avares

Cette pièce fustige l'avarice à de nombreuses reprises : c'est le premier défaut qui atteint et déforme l'ensemble des personnages. Les Parpalaid escroquent Knock et partent à Lyon dans le seul but de s'enrichir. Knock calcule chacun de ses agissements selon l'argent qu'il pourra en tirer. Par ailleurs, il met en place des consultations gratuites pour inciter les habitants à se faire examiner, car ceux-ci sont trop avares pour payer un examen médical. La Dame en noir illustre parfaitement cette avarice généralisée : alors qu'elle a une grande ferme et des domestiques, elle avoue n'avoir jamais consulté le docteur Parpalaid parce qu'il « ne donnait pas de consultations gratuites » (acte II, scène IV).

Les patients

En plus de leur avarice, les patients de Knock participent à la satire du fait de leur crédulité et de leur ignorance. Face à l'autorité savante d'un médecin, ils ne font plus usage de leur bon sens et perdent leur esprit critique. Les expressions populaires stéréotypées qu'ils emploient renforcent l'expression de cette naïveté parfois proche de la bêtise : « Ah ! là ! là ! Près de trois mille francs ? C'est une désolation, Jésus Marie ! » (*ibid.*)

Les médecins

Jules Romains fait aussi la satire des médecins à travers le personnage de Knock, décrit comme un charlatan qui a commencé à pratiquer la médecine sans aucun diplôme et qui invente aux patients des maladies plutôt qu'il ne les soigne. En effet, il n'hésite pas à affaiblir volontairement la Dame en noir : « Faites fermer les volets et les rideaux pour que la lumière ne vous gêne pas. Défendez qu'on vous parle. Aucune alimentation solide pendant une semaine [...]. À la fin de la semaine, nous verrons comment vous vous sen-tez. » (*ibid.*)

De plus, il invente une citation qu'il prête au célèbre Claude Bernard (1813-1878), le fondateur de la médecine expérimentale, pour légitimer son discours de manière scientifique : « Les gens bien portants sont des malades qui s'ignorent. » (acte I, scène I)

Knock se montre également démagogue, c'està-dire qu'il assure sa clientèle en flattant ses patients et en suscitant leur sympathie. Il réalise des bonnes actions dans le seul but de garder sa crédibilité, ainsi qu'en témoigne l'éloge de Mme Rémy : « Personne ne vous laissera dire que le docteur Knock est intéressé. C'est lui qui a créé les consultations gratuites. » (acte III, scène IV) Il fait donc preuve d'hypocrisie. Enfin, il cherche à attirer la bienveillance des villageois en blâmant son prédécesseur, le docteur Parpalaid, dans ses pratiques médicales. À travers Knock, ce sont donc tous les médecins que Jules Romains ridiculise, voire discrédite, les réduisant à des imposteurs.

UNE PIÈCE DANS LA LIGNÉE DE LA TRADITION THÉÂTRALE

Par cette satire de la figure du médecin notamment, *Knock* est une pièce qui s'inscrit dans une longue tradition théâtrale. Le personnage de Knock emprunte en effet à deux figures populaires du théâtre : le médecin et le manipulateur.

La figure du médecin

À la lecture de *Knock*, on ne peut s'empêcher de

penser – avec raison – à Molière, et notamment au *Malade imaginaire.*

<u>LE MALADE IMAGINAIRE</u>

Dans cette comédie, le dramaturge met en scène Argan, un riche bourgeois obsédé par sa santé (qu'il a pourtant excellente). Afin de réduire ses frais, il décide de marier sa fille Angélique à Thomas Diafoirus, médecin, et par ailleurs fils de son médecin, M. Purgon. Bien évidemment, Angélique en aime un autre, Cléante, qui n'est absolument pas médecin et qui n'a donc aucunement les faveurs d'Argan. Sur les conseils de Toinette, la servante futée, et de Béralde, son frère, Argan se décide finalement à accepter le choix amoureux de sa fille et à se faire lui-même médecin, puisque son frère lui a assuré qu'« [i]l n'y a pas besoin d'études, en recevant la robe et le bonnet, tout galimatias devient savant, et toute sottise devient raison » (acte III, scène I).

Molière se faisait en effet un plaisir d'écorner la figure du médecin, imposteur parmi les imposteurs, par exemple dans *Dom Juan ou le Festin de Pierre* (1655) :

> « [Les médecins] n'ont pas plus de part que toi aux guérisons des malades, et tout leur art est pure grimace. Ils ne font rien que de recevoir la gloire des heureux succès, et tu peux profiter comme eux du bonheur du malade, et voir attribuer à tes remèdes tout ce qui peut venir des faveurs du hasard des forces de la nature. » (acte III, scène I)

La satire du médecin est un grand classique de la comédie théâtrale, et le médecin un personnage type. C'est un notable que l'on retrouve en effet dans tous les villages, il a donc un côté universel qu'il est commode d'utiliser afin de faire rire et de critiquer. C'est le cas par exemple du *Dottore Balanzone*, caractère issu de la *commedia dell'arte*, homme rougeaud à l'embonpoint certain recourant souvent à un latin de cuisine, ce qui ne fait que révéler son incompétence et ignorance.

D'ailleurs, un siècle plus tard, Beaumarchais (écrivain français, 1732-1799) fait dire par le comte au docteur Bartholo dans *Le Barbier de Séville* (1775) : « Votre savoir, mon camarade,/

Est d'un succès plus général ;/ Car, s'il n'emporte point le mal,/ Il emporte au moins le malade. » (acte II, scène XIII) C'est donc non seulement leur stupidité, mais aussi leur incompétence qui inspirent l'irrévérence des dramaturges envers eux.

La figure du manipulateur

Le manipulateur est probablement l'un des personnages les plus utilisés au théâtre. Le registre de la farce, qui s'est développé au Moyen Âge, fait la part belle à ce type de caractère (*La Farce de Maître Pathelin* [vers 1464], farce médiévale anonyme, pour n'en citer qu'une). L'histoire du manipulateur se poursuit :

- aux XVI et XVIIe siècles, avec l'apparition des personnages issus de la *commedia dell'arte* (genre théâtral italien, reposant sur l'improvisation). Le personnage de l'aubergiste Brighella, décrit comme un valet rusé qui n'hésite pas à manipuler ses maitres, a d'ailleurs inspiré Molière pour créer son personnage de Scapin (dans *Les Fourberies de Scapin*, 1671), auquel l'on pourrait ajouter les nombreuses servantes ingénieuses que Molière met habituellement en scène ;
- au XVIIIe siècle, avec l'irrévérencieux valet

Figaro chez Beaumarchais, qui parvient, dans *Le Mariage de Figaro* (1874), à mettre à mal les intentions de son maitre, le Comte, qui a des visées sur sa fiancée Suzanne. Dans la scène X de l'acte I, c'est par la flagornerie, et en choisissant un moment où sont présents plusieurs témoins, que Figaro piège son maitre ;

- au XIXe siècle, l'on pourrait encore ajouter le personnage de Guignol, la célèbre marionnette représentant les canuts, ces ouvriers de l'industrie de la soie lyonnaise, farceur sans scrupules et porte-parole des petites gens. Plus tard, le film des frères Lumière (Louis [1864-1948] et Auguste [1862-1954], inventeurs et industriels français), *L'Arroseur arrosé* (1895), met en scène un gamin qui joue un tour au jardinier.

Pourquoi un tel succès ? Parce que dans la plupart des cas, ces personnages manipulateurs offrent au spectateur une ambivalence intéressante. Ils sont ceux qu'on « aime détester », ceux qui, dotés d'une éthique parfois discutable, osent remettre en question l'ordre établi (d'autant plus qu'ils appartiennent majoritairement à la classe populaire, principal public de ces représentations).

UNE PIÈCE MODERNE

Même si *Knock ou le Triomphe de la médecine* s'inscrit dans une longue tradition théâtrale revendiquée par Jules Romains, la pièce comporte néanmoins des spécificités somme toute assez modernes, notamment dans la déshumanisation progressive de l'ensemble d'un village, déjà annoncée par l'absence de noms des villageois, désignés simplement comme la Dame en noir, la Dame en violet, le premier gars, le second gars, etc.

Pour rappel historique, l'œuvre a été jouée pour la première fois en 1923, soit à peine un an après que le dictateur Mussolini (homme d'État italien, 1883-1945) a fait main basse sur l'Italie, et six ans après que la Russie soit devenue l'URSS. Il est donc tout à fait probable que Jules Romains ait été marqué par ces évènements dont la caractéristique commune est l'effacement de l'individu au profit de la communauté.

De la même façon, le docteur n'est plus un personnage risible (comme c'était le cas dans la *commedia dell'arte*, chez Molière, chez Beaumarchais, etc.), mais un personnage inquiétant, doté d'une intelligence certaine. Son but n'est pas simplement de s'enrichir sur le dos des villageois, mais bien, tel un dictateur, de prendre le contrôle du village et d'en enfermer les habitants dans un respect craintif et une confiance aveugle. Par ailleurs, la pièce pourrait être qualifiée de « farce tragique », terme presque antinomique que l'on doit à Eugène Ionesco (auteur dramatique français, 1909-1994), l'une des figures de proue du théâtre de l'absurde du XXe siècle.

Ce siècle est marqué par une succession d'évènements dont la barbarie semble sans fin : l'utilisation de gaz, les génocides et les bombes atomiques pendant les deux guerres mondiales. En résulte non seulement un profond athéisme (car comment pourrait-on encore croire en Dieu après tous ces évènements ?), mais également une sévère remise en question de l'Homme, et plus globalement de son humanité et du sens de son existence. Le théâtre de cette période est de ce fait marqué par des personnages qui ne savent plus pourquoi ils vivent, ni pourquoi ils meurent. Le rire n'est donc jamais très éloigné d'une certaine forme de désespoir.

Knock a été publié et mis en scène avant la Seconde Guerre mondiale, mais il est pourtant possible de voir Jules Romains comme un précurseur de ces « farces tragiques ». Tout d'abord, parce que la mort perd de sa sacralité (comme c'était jusqu'à présent le cas dans les tragédies classiques) et devient triviale, comme le montre cette conversation entre Parpalaid et Knock :

> « LE DOCTEUR – Et vous avez eu des morts ?
> KNOCK – Aucune. C'était d'ailleurs contraire à mes principes. Je suis partisan de la diminution de la mortalité.
> LE DOCTEUR – Comme nous tous.
> KNOCK – Vous aussi ? Tiens ! Je n'aurais pas cru. Bref, j'estime que, malgré toutes les tentations contraires, nous devons travailler à la conservation du malade. » (acte I, scène I)

L'acte III, qui peut être considéré dans sa globalité comme la scène de dénouement, constitue un autre exemple. Cette étrange longueur accentue l'impression que le problème initial, à savoir l'emprise de Knock, non seulement n'a pas été résolu, mais pire, s'est définitivement et irrémédiablement installé. Cette absence de dénouement heureux est un élément qui le différencie très clairement de Molière (qui offrait à ses héros, ou du moins à ses personnages vertueux, des *happy ends*), mais que l'on retrouve par contre dans une autre pièce théâtrale, elle aussi résolument moderne : *En attendant Godot* (1952) de Samuel Beckett (dramaturge et romancier irlandais, 1906-1989).

UNE PIÈCE DE L'IRONIE

Knock est une pièce menée de bout en bout par l'ironie (manière de railler en disant le contraire de ce que l'on pense), qui sert l'argumentation de l'auteur : les individus sont crédules, les médecins abusent de leur puissance et le triomphe de la médecine se fait au détriment du bien collectif. Le titre *Knock ou le Triomphe de la médecine* est ironique dans la mesure où le nombre de malades a considérablement augmenté entre le début et la fin de la pièce. De même, les éloges que font Mme Rémy et Mousquet du docteur Knock sont ironiques, puisqu'ils révèlent au contraire l'imposture de Knock au lecteur avisé :

> « LE DOCTEUR – Ah ! Elle ne souffre plus ?
> MOUSQUET – De ses anciennes migraines, plus du tout. Les lourdeurs de tête qu'il lui arrive encore d'éprouver proviennent uniquement du surmenage et n'ont rien que de naturel. »
> (acte III, scène IV)

L'ironie est le meilleur moyen de dénoncer les maux du siècle sous une apparente légèreté et d'instaurer une certaine connivence avec le lecteur, d'autant plus que bien souvent, les marques d'ironie se retrouvent dans les didascalies : « *Elle a 45 ans, et respire l'avarice et la constipation.* » (acte II, scène IV) Ou encore, dans la scène finale : « *Scipion, la bonne, Mme Rémy paraissent, porteurs d'instruments rituels, et défilent, au sein de la Lumière Médicale.* » (acte III, scène IX) Les majuscules ajoutées par Jules Romains dans « Lumière Médicale » viennent insister une dernière fois sur cette ridicule, mais inquiétante personnification, ou plutôt déification de la médecine.

Rapidement donc, le rire peut basculer dans le tragique. Il y a bien quelque chose d'effrayant dans l'asservissement des individus face à Knock ou dans la disparition finale de tout esprit critique.

Par conséquent, la pièce se tient dans un équilibre permanent entre comique et tragique, confondant les deux notions et laissant au spectateur la liberté de trancher.

L'ARGENT ET LE POUVOIR

Une médecine lucrative

Dès la première présentation de Knock, le lecteur/spectateur est mis en garde contre l'incompétence de celui-ci :

> « KNOCK – Messieurs, je pourrais vous dire que je suis docteur, mais je ne suis pas docteur. Et je vous avouerai même quelque chose de plus grave : je ne sais pas encore quel sera mon sujet de thèse. Je réplique aussitôt : "Bien que n'étant pas docteur, je désire, pour des raisons de prestige et de discipline, qu'on m'appelle docteur à bord." Ils me disent que c'est tout naturel. » (acte I, scène I)

Là est toute l'habileté de Knock, qui joue sur l'ambivalence du terme « docteur », qui désigne à la fois le titre universitaire et la profession de médecin. Mais étrangement, et d'une façon très cynique, Knock ne s'en cache absolument pas. Sa stratégie mise en place est parfaitement huilée, et certainement plus qu'un médecin, Knock est en réalité un commercial.

- Il répond à un besoin, une demande, quitte d'ailleurs à la créer.
- Il met en place des partenariats avec des gens d'influence (l'instituteur, le pharmacien).
- Il communique fortement sur son arrivée et le lancement de son entreprise, grâce au tam-

bour, et ce malgré ses dénégations : « Je ne fais pas de propagande. » (acte I, scène I)

- Il fidélise ses « clients » (on note par ailleurs qu'il est question dans l'œuvre de clients et non de patients) avec des traitements soi-disant préférentiels. Ainsi, plus le client est prêt à mettre de l'argent, plus celui-ci a droit à un service de qualité :

> « KNOCK – J'ai quatre échelons de traitements. Le plus modeste, pour les revenus de douze à vingt mille, ne comporte qu'une visite par semaine [...] Au sommet, le traitement de luxe, pour revenus supérieurs à cinquante mille francs, entraîne un minimum de quatre visites par semaine, et de trois cents francs par mois de frais divers : rayons X, radium, massages électriques, analyses, médicamentation courante, etc. » (acte III, scène VI).

Une rhétorique au service de la manipulation

Pour faire fortune, Knock recourt à son habileté oratoire qui lui permet d'influencer les villageois et de les convaincre de le consulter régulièrement. Il n'hésite donc pas à flatter les patients (« Votre démarche est très louable, madame », acte II, scène VI), à les effrayer (« Représentez-vous un crabe, ou un poulpe, ou une gigantesque araignée en train de vous grignoter, de vous suçoter et de vous déchiqueter doucement la cervelle », *ibid.*) ou à se montrer condescendant (« Vous ferez comme vous voudrez », *ibid.*)

Sa fine psychologie lui permet de cerner rapidement les faiblesses et les peurs des habitants : il les exploite pour gagner de l'emprise sur leur conscience. Ainsi, Knock se présente en héros, comme le seul à pouvoir sauver les habitants de la terreur, de la maladie et de la mort.

La science, outil d'aliénation collective

En très peu de temps, Knock finit par régner en maitre sur le petit village de Saint-Maurice, qui ne vit plus qu'autour de ses diagnostics : « Tout ce qui reste en marge de la médecine, la nuit m'en débarrasse, m'en dérobe l'agacement et le défi. Le canton fait place à une sorte de firmament dont je suis le créateur continuel. » (acte III, scène VI)

Mais outre ce flagrant accès de mégalomanie, la figure du tyran est également suggérée par le sous-titre de l'œuvre : le *Triomphe de la médecine.*

Il y a dans le choix du substantif « triomphe » une connotation presque militaire, qui n'est pas sans rappeler les dictateurs romains qui, pour célébrer leur victoire sur leurs ennemis, organisaient leur triomphe en défilant et en se faisant applaudir dans toute la ville de Rome. Par ce triomphe, on contribue au culte de la personnalité du grand homme qui porte à lui tout seul l'ouvrage (puisque c'est le titre choisi). Il se dégage donc de ce choix de titre et de sous-titre une idée de totalitarisme.

À cela s'ajoute que les figures d'opposition (déjà rares : le Docteur Parpalaid, les deux gars) sont ridiculisées et finalement rapidement assujetties à Knock. Toute résistance face à ce discours scientifique détourné pour servir les intérêts d'un seul, semble donc être vouée à l'échec.

L'œuvre, écrite pendant l'entre-deux-guerres, invite à une réflexion sur la prise de pouvoir, la propagande, le totalitarisme et l'esprit critique. Elle anticipe aussi tristement le nazisme qui utilisera effectivement la science et la prétendue découverte de la supériorité aryenne pour mener une politique d'extermination xénophobe et, à terme, régner un temps sur le monde. La pièce

reste néanmoins très actuelle, l'auteur s'atta-
quant à l'aliénation de la société par les discours
scientifiques et commerciaux, aujourd'hui
probablement encore plus ancrés dans la société
qu'à l'époque.

PISTES DE RÉFLEXION

QUELQUES QUESTIONS POUR APPROFONDIR SA RÉFLEXION...

- En quoi Knock se veut-il l'apôtre d'une nouvelle religion ?
- Selon vous, Knock est-il compétent ? Précisez et justifiez.
- Quel usage Knock aurait-il pu faire d'Internet ?
- Dans les premiers brouillons de la pièce, le personnage principal se nommait Lamendin. Comment justifiez-vous ce changement de nom ?
- Que symbolise la vieille automobile de Parpalaid à l'acte I ?
- Quelle est la visée argumentative de cette pièce ? Justifiez votre réponse.
- Comparez la satire des médecins faite par Molière dans *Le Malade imaginaire* avec celle de *Knock*. Jules Romains est-il fidèle à la tradition ? En quoi s'en démarque-t-il ?
- La pièce se clôt sur la didascalie suivante : « *Scipion, la bonne, Mme Rémy paraissent, por-*

teurs d'instruments rituels, et défilent, au sein de la Lumière Médicale. » (acte III, scène IX) Que symbolise cette lumière ?

- Louis Jouvet rapporte le débat qui l'a opposé à Georges Pitoëff (acteur et metteur en scène de théâtre français, 1884-1939) au cours d'une répétition de *Knock* : « C'est, me dit-il, l'affreuse tragédie de notre époque qui s'exprime... il y a là une horreur magnifique... c'est une pièce macabre. – Mais, lui dis-je, il y a tout de même des traits comiques certains [...] – Absolument pas, me dit-il, absolument pas ! » (cité par MASCARAU E., « Ce sera un succès littéraire certain, mais pas du tout commercial », in *agon. ens-lyon.fr*) Commentez selon votre propre interprétation de la pièce.
- Connaissez-vous d'autres pièces du XXe siècle qui dépeignent la figure d'un tyran ? Comparez-les avec *Knock*.

POUR ALLER PLUS LOIN

ÉDITION DE RÉFÉRENCE

- Romains J., *Knock ou le Triomphe de la médecine*, Paris, Gallimard, coll. « Folio », 1924.

ÉTUDE DE RÉFÉRENCE

- Mascarau E., « Ce sera un succès littéraire certain, mais pas du tout commercial », in *agon.ens-lyon.fr*, 3 novembre 2015, consulté le 30 aout 2017. http://agon.ens-lyon.fr/index.php?id=2737

ADAPTATIONS

- *Knock ou le Triomphe de la médecine*, film de Louis Jouvet et Roger Goupillières, avec Louis Jouvet, Robert Le Vigan, Alexandre Rignault, Madeleine Ozeray, Pierre Larquey et Jane Lory, France, 1933.
- *Knock ou le Triomphe de la médecine*, film de René Hervil, avec Fernand Fabre, Léon Malavier, Maryane, Raoul Darblay, Iza Reyner, France, 1925.

- *Knock*, film de Guy Lefranc, avec Louis Jouvet, Jean Brochard, Pierre Renoir et Marguerite Pierry, France, 1951.

Retrouvez notre offre complète sur lePetitLittéraire.fr

- des fiches de lectures
- des commentaires littéraires
- des questionnaires de lecture
- des résumés

ANOUILH
- Antigone

AUSTEN
- Orgueil et
  Préjugés

BALZAC
- Eugénie Grandet
- Le Père Goriot
- Illusions perdues

BARJAVEL
- La Nuit des
  temps

BEAUMARCHAIS
- Le Mariage
  de Figaro

BECKETT
- En attendant
  Godot

BRETON
- Nadja

CAMUS
- La Peste
- Les Justes
- L'Étranger

CARRÈRE
- Limonov

CÉLINE
- Voyage au bout
  de la nuit

CERVANTÈS
- Don Quichotte
  de la Manche

CHATEAUBRIAND
- Mémoires
  d'outre-tombe

**CHODERLOS
DE LACLOS**
- Les Liaisons
  dangereuses

CHRÉTIEN DE TROYES
- Yvain ou le
  Chevalier au lion

CHRISTIE
- Dix Petits Nègres

CLAUDEL
- La Petite Fille de
  Monsieur Linh
- Le Rapport
  de Brodeck

COELHO
- L'Alchimiste

CONAN DOYLE
- Le Chien des
  Baskerville

DAI SIJIE
- Balzac et la
  Petite
  Tailleuse chinoise

DE GAULLE
- Mémoires
  de guerre
  III. Le Salut.
  1944-1946

DE VIGAN
- No et moi

DICKER
- La Vérité sur
  l'affaire Harry
  Quebert

DIDEROT
- Supplément
  au Voyage de
  Bougainville

DUMAS
- Les Trois
  Mousquetaires

ÉNARD
- Parlez-leur
  de batailles,
  de rois et
  d'éléphants

FERRARI
- Le Sermon sur la
  chute de Rome

FLAUBERT
- Madame Bovary

FRANK
- Journal
  d'Anne Frank

FRED VARGAS
- Pars vite et
  reviens tard

GARY
- La Vie devant soi

GAUDÉ
- La Mort du
  roi Tsongor
- Le Soleil des
  Scorta

GAUTIER
- La Morte
  amoureuse
- Le Capitaine
  Fracasse

GAVALDA
- 35 kilos d'espoir

GIDE
- Les
  Faux-Monnayeurs

GIONO
- Le Grand
  Troupeau
- Le Hussard
  sur le toit

GIRAUDOUX
- La guerre de
  Troie
  n'aura pas lieu

GOLDING
- Sa Majesté des
  Mouches

GRIMBERT
- Un secret

HEMINGWAY
- Le Vieil Homme
  et la Mer

HESSEL
- Indignez-vous !

HOMÈRE
- L'Odyssée

HUGO
- Le Dernier Jour
  d'un condamné
- Les Misérables
- Notre-Dame
  de Paris

HUXLEY
- Le Meilleur
  des mondes

IONESCO
- Rhinocéros
- La Cantatrice
  chauve

JARY
- Ubu roi

JENNI
- L'Art français
  de la guerre

JOFFO
- Un sac de billes

KAFKA
- La Métamorphose

KEROUAC
- Sur la route

KESSEL
- Le Lion

LARSSON
- Millenium I. Les
  hommes qui
  n'aimaient pas
  les femmes

LE CLÉZIO
- Mondo

LEVI
- Si c'est un
  homme

LEVY
- Et si c'était vrai…

MAALOUF
- Léon l'Africain

MALRAUX
- La Condition humaine

MARIVAUX
- La Double Inconstance
- Le Jeu de l'amour et du hasard

MARTINEZ
- Du domaine des murmures

MAUPASSANT
- Boule de suif
- Le Horla
- Une vie

MAURIAC
- Le Nœud de vipères

MAURIAC
- Le Sagouin

MÉRIMÉE
- Tamango
- Colomba

MERLE
- La mort est mon métier

MOLIÈRE
- Le Misanthrope
- L'Avare
- Le Bourgeois gentilhomme

MONTAIGNE
- Essais

MORPURGO
- Le Roi Arthur

MUSSET
- Lorenzaccio

MUSSO
- Que serais-je sans toi ?

NOTHOMB
- Stupeur et Tremblements

ORWELL
- La Ferme des animaux
- 1984

PAGNOL
- La Gloire de mon père

PANCOL
- Les Yeux jaunes des crocodiles

PASCAL
- Pensées

PENNAC
- Au bonheur des ogres

POE
- La Chute de la maison Usher

PROUST
- Du côté de chez Swann

QUENEAU
- Zazie dans le métro

QUIGNARD
- Tous les matins du monde

RABELAIS
- Gargantua

RACINE
- Andromaque
- Britannicus
- Phèdre

ROUSSEAU
- Confessions

ROSTAND
- Cyrano de Bergerac

ROWLING
- Harry Potter à l'école des sorciers

SAINT-EXUPÉRY
- Le Petit Prince
- Vol de nuit

SARTRE
- Huis clos
- La Nausée
- Les Mouches

SCHLINK
- Le Liseur

SCHMITT
- La Part de l'autre
- Oscar et la Dame rose

SEPULVEDA
- Le Vieux qui lisait des romans d'amour

SHAKESPEARE
- Roméo et Juliette

SIMENON
- Le Chien jaune

STEEMAN
- L'Assassin habite au 21

STEINBECK
- Des souris et des hommes

STENDHAL
- Le Rouge et le Noir

STEVENSON
- L'Île au trésor

SÜSKIND
- Le Parfum

TOLSTOÏ
- Anna Karénine

TOURNIER
- Vendredi ou la Vie sauvage

TOUSSAINT
- Fuir

UHLMAN
- L'Ami retrouvé

VERNE
- Le Tour du monde en 80 jours
- Vingt mille lieues sous les mers
- Voyage au centre de la terre

VIAN
- L'Écume des jours

VOLTAIRE
- Candide

WELLS
- La Guerre des mondes

YOURCENAR
- Mémoires d'Hadrien

ZOLA
- Au bonheur des dames
- L'Assommoir
- Germinal

ZWEIG
- Le Joueur d'échecs

ISBN version numérique : 978-2-8080-0302-5
ISBN version papier : 978-2-8080-0303-2
Dépôt légal : D/2017/12603/674

Avec la collaboration de Célia Ramain pour la biographie de Jules Romains, pour les encarts « *Le Malade imaginaire* » et « *En attendant Godot* » ainsi que pour les clés de lecture « Une pièce dans la lignée de la tradition théâtrale », « Une pièce moderne », « Une médecine lucrative » et « La science, outil d'aliénation collective ».

Conception numérique : Primento,
le partenaire numérique des éditeurs.

Ce titre a été réalisé avec le soutien de la Fédération Wallonie-Bruxelles, Service général des Lettres et du Livre.